좋다

이종대 시집

좋다

이종대 시집

예술의숲

◈ 차 례 ◈

1부. 꽃 피우는 이유

2부. 메밀꽃의 합창

3부. 춘천에 가고 싶다

4부. 민들레

1부
꽃 피우는 이유

맥문동

산비탈
잎사귀

소나무도 낙엽 지는데
쌓인 눈 녹이는
서슬 퍼런 저 악다구니

한겨울 견뎌내
보라색 꽃길 깔고 말겠다는
푸른 결기

설날 아침엔

나무를 본다
빈 가지에 걸린 기다림
두터운 겨울을 밀어 올린
연초록 이어진 봄 길을 본다

설날 아침엔
나무를 본다
한껏 키워낸 넓은 잎으로
폐지를 줍는 늙은 아버지
햇볕 가리는
넓은 나뭇잎을 본다

설날 아침에는
나무를 본다
거리를 덮은 낙엽 밟으며
방울방울 매달린 생각의 길을 좇아
걷고 또 걷는
당신 뒷모습 바라본다

설날 아침엔
나무를 본다
다시 올 겨울
칼바람에도
한껏 팔 벌리고
큰 숨 들이쉬는
벌거벗은 플라타너스
울퉁불퉁 단단한 근육을 본다

설날 아침에는
뿌연 먼지에도
푸른 웃음 찾으려는
열 그루, 스무 그루 줄지어 함께 해 줄
가로수길 바라본다

가로수길

떠나보면 안다
멀리 떠나볼수록 더 잘 알게 된다

계절을 가리지 않고
이어지던 그 길의 연속이
사실은 뿌리의 행렬이었다는 걸

몇 십 리 푸른 터널이었다가
잎이며 가지 다 내어주고
한겨울에도 버티고 서서

길가에 줄지어 설 수 있었던 것은
촉수를 이어가고 있었기 때문

인연 닿는 사람들이 이어지고 연결되듯
뿌리가 뿌리로 연결되어 있었기 때문

먼 곳에서
떨어져 지내다 보면

울컥 솟구쳐 나와
한사코 끌고 가는 내 고향 가는 길

실핏줄까지 엉겨 붙은 그 고된 그리움은
보이지 않는 깊은 곳에서 얽히고설키며
서로에게 속마음을 속살거리고 있기 때문

떠나보면 안다
멀리 떠날수록 더 잘 알게 된다

3월

노할머니
끝차에 앉아 계신다

산수유 꽃봉오리 막 터지는데

우암산 쪽을 보시다가
가끔 고개 돌리신다

숨 들이마시고는
실눈을 감으신다

진달래
개나리꽃 피던 시절도 있었다
벚꽃이 눈처럼 내리던 때도

빙그레 웃으시다
자동차 소리에 눈을 뜨신다
그마저 귀여운 듯 또 웃으신다

골목길 모퉁이
목련꽃 지는데

꽃 피우는 이유

무심천 벚나무 세월 따라 검어져도
기를 짜 모아 꽃 피우는 것은
벌 나비 불러 모아
사람 사는 세상 얘기 듣고 싶어서다

하늘 향해 뻗은 가지 손가락 가늘게 흔드는 것도
따뜻한 사람들 자잘한 이야기 듣고 싶어서다
거짓 없이 살아가는 눈매 고운 사람들
어렵고 힘들게 그래도 웃으며 살아가는 얘기
그런 얘기를 듣고 싶어서다

뿌리를 내리고 다시 뻗어
생의 기운 찾으려는 것도
땅 밑 바위 뚫으며 금맥 찾아가는 광부처럼
길게 길게 내려가는 것도
가난해도 원망하지 않고
기도할 줄 아는
힘들수록 아끼고 위해줄 줄 아는
사람들 이야기

새에게서
바람에게서
듣고 싶어서다

가슴 뭉클한
세상 숨은 얘기 듣고 싶어서다

나무가 꽃을 피우는 건

살구꽃 길

가경천 변 사람들은
매일매일
꽃길 걷는다

나무마다 가득한 봄
살구나무 꽃길

꽃이 지고 잎만 무성해도
잎이 지고 가지만 앙상해도

분분히 날리는
살구 꽃잎 같은 눈발을 보면서도
하얀 꽃길 펼쳐놓는다

청주에서 조치원 쪽
가경천 제방 소로

목발 짚은 사람도
휠체어 탄 사람도

다정한 그 사람 함께

나비가 꽃길 따라 날 듯
밤중에도 춤추며 걷는다

살구꽃 길
따라 걷는다

낙화생

서러워 마라
노란 네 꽃잎이 진다고

가슴 치지 말라
결국은 떨어지고 말았다고

진다고 화려했던
모든 것이 끝난 것만은 아니니

땅에 떨어져야
비로소 내일을 열 수 있는 삶도 있느니

두 손 곱게 모아
흙 덮어 주어라

컴컴한 어둠 속에서
다시 사는 생도 있느니

땅속 꼬투리는

힘을 모으고 몸집을 불려
마침내 동그란 열매의 집을 짓느니

꽃이 지거든
두 손 모으고 기도하여라

땅을 헤치고 나와
세상의 빛
다 모으는 날 위해

수주팔봉

걱정하지 말라
가을비에
남은 잎
마저 진다고

천천히 내리는 빗줄기는
잎잎마다 더욱 곱게 씻겨주나니

떨어져 누운 자리에서
흙먼지도 씻어주고
바람에 찢긴 상처도
보듬어주나니
가는 길 열어주나니

걱정하지 마라
찬비를 맞은 뒤라야
더욱 세찬 겨울을 준비할 수 있나니

산도 계곡도
바람에 날리는 나뭇잎
비에 젖은 붉고 노란 잎들을 떠나보내야
모진 계절도 맞이할 수 있나니

걱정들 하지 말고

가을비 내리는 소리

네 안에 가라앉는
단풍 지는 소리를 들어 보아라

까치내 가는 길

저 앞
노인 한 분 걸어가신다
뒷짐 지고 천천히

누렇게 변색된 갈대숲 지나
어르신들 거니시는 파크골프장도 한참 지나

서쪽으로
서쪽 편으로
갈짓자로 걸으신다

지나쳐 갈 수도 있으련만
그림자 차마 넘을 수 없어
보폭에 맞추어 따라 걷는데

강 물결 헤치고 건너오나
구름 속에서 튀어나왔나
하얀 까치 내려와
품속으로 파고드는가

느릿느릿
해넘이 산 쪽을 향해
걷고 또 걸으신다

허연 머릿결 바람에 날리는데

동짓달의 봄

대설이 내일모레
산개구리 알을 낳았다

대청 계곡 떨어진 낙엽 헤쳐 보니
올챙이도 보인다

누군가 계곡을 덥히고 있나 보다
창문 열고 바라보니
울타리엔 장미가 한창이다

산수유 열매가 붉은 걸 보니
맥문동 열매가 검은 걸 보아도
아직 겨울인 게 확실한데

진달래 개나리도 피고
목련마저 꽃 피우는

산개구리가 물고 온
겨울 속의 봄

목련

어차피 갈 수밖에 없는 길목에
잎은 왜 흔들리는가

두드리고 부축해 주는 이 있다손 쳐도
갈수록 외로움 깊어지고
서러움 쌓여 가는 것

다툼도 성냄도
그저 쥘 수 없는 바람결
때에 이르면 가야 할 길에
서둘러 홀로 누운 하늘 곁

뒹구는 달빛은
꽃잎에 젖고

것대산 장승 바위

들짐승 덮칠 때 있었지요
왜적의 칼 앞에 눈 부릅뜰 때도

맨발로 상봉재 뛰어오르다
무쇠솥 지게 함께 젖혀지던 날도

누이 손 잡아끌고
단풍 숲에 숨죽이며
대정금 날리는 소리
숨죽여 들었지요

봉화 넷 올리던 그날
뚫린 듯 터진 빗줄기
통곡으로 답했었지요

뿌리가 뽑히고
돌탑이 흩어져도
단단한 가슴으로 버티고 버텨

끝내
넉넉한 웃음으로 남아
성안길 굽어보지요

빈터

도롯가에 세운 유리 벽
누가 그려 넣었는지

동백나무 푸른 숲으로
새 날아들다
절명한 자리

권연벌레 찾아오고
애집개미 달려들고
바퀴
말꼬마거미
육눈이유령거미

지네
노래기
아롱가죽거미
쥐며느리

잔치를 벌인다

찢고 흔들고
자빠졌다 일어나 또 물어뜯고

남긴 것 없이
모두 주고 떠난 자리
보슬비 내리고 있다

시샘

꽃 핀 뒤에도 날리는 눈발 있다
삼십 리 양옆으로 뻗은 벚꽃 길에
눈보라 세찬 날이 있다

그만큼 견뎠으면
꽃구경하며 살만하다 싶었는데
꽃잎 위에 눈 쌓이는 날도 있다

견뎌야 하는 생이 있다
이건 아니다 아니다 싶어도
견뎌내며 살아야 하는 날이 더 많다

시샘이 없으련만
꽃 위에 내려 쌓이는 눈 고스란히
또 견뎌내야 하는 때 꼭 있다

왕궁 가는 길

졌으니 밟히는 게
당연하다 말하지 말라
지고 싶은 꽃잎이 어디 있는가

한때는
햇살 따스한 맨 꼭대기
하늘 향해 반짝이던 환호였다

부러움이었고
꿈이었다

떨어져 누웠다고
밟는 것이 당연하다 말하지 말라

떨어져 누웠어도 꽃잎은 꽃잎이다

핸드폰 속에선 여전히 빛나는
배경이거니
연인이거니

2부
메밀꽃의 합창

청명

그것은 혁명
거리를 박차고 나온 함성

혼자가 아니라
열씩 스물씩 떼 지어 흔드는 손바닥

싸늘함보다 더한 무관심에
주눅 들지 않고

감추어둔 힘으로
대문을 박차고
뛰쳐나온 거센 물결

울퉁불퉁한 겉옷
부끄러워하지 않고

맑은 피로
떨쳐나가는 푸른 산맥

하나로 가득 찬 교실

그날 내게 주신 것은 벼락
내 속의 성벽을 밀어낸 해일

아버지는 말했다
그 아이 하나만 맡아라

그 아이는 무거운 짐
스무 명이 넘는 비장애아를 합친 그만큼

광야에 혼자
무릎이 꺾이는 짐과 씨름하다가

지쳐서 넘어지고
혼절했다가 기고 있을 때

그 아이 하나만이어도 좋다

말씀이 붙들어
일으켜 다시 세우고

빛으로 세워낸 교실에
아흔아홉의 그 아이들
마침내 모여

당신을 부릅니다

아버지

닮아가기

고개를 오르다 알았습니다
산에는 큰 나무만 있는 게 아니라는 것
작은 나무도 제 자리 지키고 있다는 것
키 작은 나무도
큰 나무만큼 햇볕도 받고
큰 나무만큼 이슬도 품는다는 것

고개를 내려오다 알았습니다
저 아래 꽃밭에는
화려하고 예쁜 꽃만 있는 게 아니라는 걸
더러는 꽃잎이 떨어지고
줄기도 꺾였지만
나비도 찾고 벌도 찾는다는 것

정자에 앉다가 알았습니다
바람은 산에도 불고
꽃밭에도 분다는 것

꽃밭 같은 교실에도

큰 아이
작은 아이
마른 아이 섞여 있다는 것

그래서 교실이 꽃밭을 닮았다는 것
그래서 교실이 산도 닮았다는 것

모퉁잇돌

좋다

신발 끈 고쳐 매는
발판으로 삼아도

엉덩이 들이밀고
앉아서 쉬어도

뾰족한 스틱으로
얼굴 톡톡 치거나

오줌 내갈기고
이정표 삼는 짐승 있어도

끝내는 일그러진 몸마저 파내어
천 길 낭떠러지로 내던져진다 해도

좋다
견딜 수 있다

버려지면 어떠냐?
햇빛만 있다면

언젠가
좋은 사람들 모이는 집
한 모퉁이 떠받칠 수만 있다면

좋다

다 좋다

당신

한 모롱이 지나 진달래꽃 보일 때
또 한 모롱이 지나 산딸나무 보일 때

한 고개 넘어 잔잔한 호수 보일 때
호수가 거친 숨 몰아쉬며 노여워할 때

어디에도 없었고
어디에나 있었다

모롱이 모롱이마다 보이지 않았어도
늘 같이 있었고

고갯마루 마루마다
당신은 거기 그렇게 있었다
사랑이여

메밀꽃의 합창

비 그친 여름
산등성이 가득 찬
메밀꽃 합창한다

둘러선 해바라기
푸른 장단 맞추고
코스모스도 춤춘다

피아노 마림바 장단 이어져 가면
춤추는 꽃향기 따라 나비도 옮겨가고

음지에 난 풀 잎사귀도
큰 키 나무도
너도나도 함께 빛나는
메밀밭 합창

용서

내가 태어난 곳은
풀이 자라고
나무가 우거지고
시냇물이 흘렀지요

당신들은
그곳을 아예 없앴습니다
논에서 벼를 돌보시던
할아버지 아빠 엄마는
연기로 사라졌습니다

마을도 사원도
새빨간 불길에 휩싸이고

아홉 살 나는
불타는 옷 벗어 던진 줄도 모르고
거리로 뛰었지요

온몸에서 벗겨진 살갗이
깃처럼 나부꼈지요

수십 차례 수술 받는 동안
수십 년이 흘렀어요

이제 나는
폭탄을 투하한
당신을 저주하지 않습니다

당신을 용서1)합니다

그러나
잊을 수는 없습니다
1972년 그날을

---

1) 용서 : 월남전 때 네이팜탄으로 화상을 입은 모습이 사
  진으로 찍혀 화제가 되었던 일명 네이팜 소녀로 불리던
  킴푹 씬는 폭탄을 투하한 병사를 용서한다는 말을 했다
  고 함

팔레스타인

사막으로 가자
작은 나무 한 그루도
풀 한 포기도 보이지 않는 땅

그곳을 향해 새벽별 보며
느린 걸음 내디뎌야하는
양 떼를 보아라

모래와 자갈만 보이는
죽음의 땅으로
살아있는 것들을 끌고 가는
저 어리석은 목동을 보아라

모래에 머리를 박고 있는
자갈을 헤치고 있는 생명
한사코 살아있는 몸부림

밤새 내린 이슬을 먹고 자라다
내리쬐는 햇볕에 시들고만

모래 속에 있는
자갈 밑에 숨어

보이지 않는 풀을 뜯고 있는
양들의 작은 눈을 보아라

목동을 보아라

연두

푸름 사라지고
이파리 하나 남은 게 없이
가지 하나 보이는 게 없이
연필을 거꾸로 세워놓은 듯
가지 잘라낸 나무 기둥

새가 떠난 빈자리엔
전기톱 소리 요란하다

햇볕 내리꽂혔다
바람은 세찼고
빗방울은 거셌다

어느 아침
죽은 줄 알았던 기둥에서
연두가 돋고 있었다

빠진 머리가 보기 싫다던 누이가
돋아난 이파리를 보고
실금 웃었다

염소

이제 떠나려 한다

속 깊이 감추어둔
너의 음욕을
간교했음을
그리하여 끝없이 부끄러웠음을 낱낱이
붉은 글씨로 적어
내 목에 걸어라

승냥이의 울음소리
달빛 시퍼런 골짜기 건너
그 끝의 낭떠러지
다시는 찾을 수 없는 그곳
끝도 없이 끌려오는 죄목 낱낱이 적힌 글자판
모든 부끄러움을 끌고 가리니

떠나려 한다
이제 광야로 가려 한다

텅 빈 충만

다 채우려 하지 말라
불안해하지도 말라

빈 데가 있어야 숨 쉴 수 있다

그리지 않아야 그림이 된다

청둥오리 노니는 적벽 강변
버들잎 몇 획으로 나뉘진 공간

하늘도
창랑의 물결도
비우면
스스로 채워지는 법

여백은 힘의 근원
그림 전체의 중심축

삶은 벌판에 서있는
느낌표 하나

동그라미 복제하기

포토스케이프를 익히다 알았다
동그라미 하나를 복제하여 겹치면
복숭아가 생긴다는 것
도형 단추를 누르고
색상 단추를 눌러보면
핑크빛 사랑이 입혀진다는 것
사랑이란 그런 거라는 것
동그라미 하나와 복제된 동그라미가 겹치는 부분
오목한 곳에 생명줄이 이어지면
피가 돌지 않는 컴퓨터 화면에도
나비가 날아들 수 있다는 것
동그라미와 동그라미가 만나는 자리
그곳에 고향 하늘이 있고
어미 찾는 송아지의 울음소리도 들린다는 것
포성은 사라지고
사랑이 꽃 핀다는 것

북촌리 바닷가

파도 아래
잡히는 건
미움의 마디마디

행방 묘연했다던 할아버지일까
헤매다 사라졌다던 할머니일까

그리움도
서러움도 사치
분노 이전에
살아야만 했다

팔 남매를 키워낸 바다
바람도 자고
파도도 잔잔해지고
그렇게 다시 바람이 불고
살아야만 했다

이제사

설움의 마디마디
모셔 올려 탑을 쌓는다

그 앞에 무릎 꿇는다

노을은 길게
붉게 젖어 있는데

골목길

그것은 파도
올라갈 수도
내려갈 수도 없는 사람의 파도
둥둥 떠 있는 검은 물방울
엉켜버린 파도에 갇혀
이리저리 굴려지는
구명줄 하나 내려오지 않고
엎어지고 눌리다가
순간 터져버린
방울
방울
사라져 버린 꽃망울

기적

눈표범을 피해
매달린 절벽

한 걸음 닿을 거리
지켜낸 목숨

먹이를 노리던 독수리
발톱 날아와 어깨에 박히곤

공중으로 들어 올리다가
놓아버린다

솟구쳐 오르는 돌멩이 박힌 땅

순간
누구였나

날 안아 이 초원에 뉘신 이는
풀밭 가운데 꽃들 사이에

3부

춘천에 가고 싶다

40114052085182

지급 금액
구백구십구만 원

어떻게 모으셨나 이 큰돈을
턱없이 모자랐을 용돈
노령연금까지 모으셨나

한 권이 다 되되록 입금 내역이 찍힌
때 묻은 통장을 건네주시며
미안하다
미안하다 말이야

마흔넷에 홀로 되시고
오 남매를 키워내신 말씀

한 달 뒤 소천하신 어머니

힘들고 고단한 날이면 바라보시던
베란다의 붉은 열매 보며 되뇐다

나는 무엇을 물려주어야 하는가

춘천에 가고 싶다

45년 외길이 뽑은 국수
어머니랑 겸상하고 싶다

거기는 막국수여
메진 밀만 써서
끓여낸 그거 말이다

어머니는 춘천 사람이거나
적어도 어떤 인연 있을 거다
묻지 않았어도 그렇게 생각했다

그러시던 어머니가
아버지 돌아가시고는
춘천을 더 이상
입에 올리지 않으셨다

맏아들이 쉰 넘어서야
고향에 가보시자 청했더니
보름쯤 지나서야 승낙하셨다

아들의 자책을 모르신 척
춘천 바닥은 다 아신다는 듯
앞장서실 때도 많았다

그래도 그 막국숫집은 어디 있었는지
기억이 없으셨다

겨우 찾은 곳은
막내 따님이 가업을 잇는다는
현대식 건물
입식 식탁

그토록 좋아하셨다던
국수를 앞에 놓고도
타박만 하셨다

여행은 그렇게 끝났다

춘천에 가고 싶다

아흔셋에 돌아가시고 몇 달
고향 후배 되신다는 분을 뵙고서야
어머니 진짜 고향을 알았다

괴산 동부리

어머니는 춘천과는 인연이 없으셨다

춘천에 가고 싶다

시집 오셔서 진천을
벗어나 보지 못하시고도

고향인 양 자랑하셨던 그곳 춘천
막국수도 감자전도 닭갈비도
입에 넣어 드리고 싶다

어머니 고향이 제일이에요
레일 바이크에 모시고
북한강 변 철길

바람을 가르며 달리고 싶다

아버지랑 한번만이라도 가보고 싶으셨던
그 마음 함께

춘천에 가고 싶다

목도장

농에서 목도장이 나왔다
닳디닳은 어머니의 유물
아버지가 돌아가신 뒤
막다른 골목길 모퉁이에서
깊은숨 들이쉬시며
조바심 끝에 받아 드셨을 신뢰의 증표

등록금 납부 기한이 시간, 시간
다가오고
굽히고, 조아리고
웃음도 눈물도 함께 하셨을

나 역시 자식들 길러내며
마이너스 통장도 쓰고
사채도 내가며
한 녀석 두 녀석
대학도 보내고 출가도 시켰는데

새삼

세월을 견뎌내느라
야윌 대로 야윈 어머니의 도장이
붉은 자국을 남기는 밤

여권 사진

할머니, 우리 여행 가요
그래요, 바다 건너가요

구순 생신 상
거기서 차려 드릴게요

여권 사진 찍으러 가요
여행 가려면 사진을 찍어야 한대요

가족사진 같이 찍고
나도 찍고 아빠도 찍고

할머니는 주름진 얼굴로
빙그레 웃으시며

곱게 찍어 줘요

먼 길 가는데

그 다음엔 늦둥이라 철이 없다는
엄마가 찍었어요

웃어요 웃으시래도요
아니 왜 우세요

단풍길

검정 봉지
기우뚱 앞서 걷는다

생선이 담겼을까
사과가 담겼을까

빨간 종이가방도 따라 걷는다

학용품이 담겼을까
약봉지가 있을까

아이들 좋아하는
호떡도 있을 거야

시어머니 좋아하는
팥죽도 담겼겠지

어머니 처진 어깨 위에
나뭇잎 또 떨어진다

종종걸음 재촉하는
노을 진 단풍길

점령군

육아 문제로
한 방에 한 가구씩
자식들 세 가구 모여 사는 우리 집

2022년 3월 신학기

하얀색이 안 보이게
더. 더. 더.
입 더 벌리래라
그래야 잘 들어간다더라

여기저기 터져 나와 거실을 때리는 신음
초등학생 큰손주에 이어
둘째 손주 면봉 보자마자 울고
올해 유치원 들어간 동생은
안 해. 안 해.
안 할래.
고개를 휘저으며 악쓰고 울고
돌도 안 지난 손녀를

어린이집 등원시키고
상담 받아야 하는 할머니
우는 애들 쳐다보며 글썽이다

깊게 더 깊게
열 번 휘젓는 건 기본이야

자가 키트 검사용 면봉은 사정없다
점령군이다

일요일 아침

선별진료소
국경에 막힌 피난민 행렬 같은 긴 줄
9시가 되자 열린 검사대 앞
집에서 보던 것보다 훨씬 기다란
면봉을 보자
동생보다 울음보를 더 크게 터뜨린 하영이
머리를 거세게 들어 올리며 버둥거린다

할머니는 안아서 팔을 잡고
할아버지는 온 힘을 다해
머리를 밑으로 누르기 여러 차례
엊저녁부터 내린 빗줄기에 무겁게 고개 숙인 천
막 곁
세워둔 우산 몇 개 우르르 넘어지는데
뜬금없이 연이어 울리는 주차장의 경적

두 아이는 나눠 업고 하나는 걸리고
검사 마치고 돌아오는 질퍽한 길바닥
빗줄기는 다시 굵어지는데

확진자가 되어 자가 격리하고 있는 딸 전화
애들 검사 다 했어요?

나도 했다
네 어미도

상

아무리 찾아도
길은 보이지 않고
끝도 모를 허방
그 언저리에 서게 될 때

숨 한번 길게 내쉬고
내게도 손 내밀어보지 않겠는가

머리도 쓸어주고
어깨도 두드리고
꼬옥 안아도 주면서

어렵게 견뎌오지 않았나
충분히 힘들지 않았는가
귓속말해 보지 않으련가

어깨 들썩이면 좀 어떠리
속울음 터트리면 또 어떠리

그러다가
다시 한 발 내디디면
비 끝에 상당산성 위로 높게 걸린
무지개 같은 것이
보일지도 모르나니

단 한 번도 준 적 없는 그런 상
내게도 주어 보지 않겠는가

꽃처럼

휠체어가 지나갑니다
약병 거치대에 기계 세 대
바쁘게 깜빡이네요

아이는 웃고 있어요

가느다란 팔엔 긴 링거 줄
발엔 깁스했네요
그래도 아이는 생글생글 웃지요

간호사 선생님 다가와 속삭입니다
아가야, 깁스만 풀면 돼

아빠는
허리 굽힙니다

구룡산엔 봄꽃이 연달아 피네요
아이 따라 웃고 있네요

이야깃거리

사돈댁 큰 어르신 부음 있던 날
사위 따라 외손주 문상했는데
평화롭던 상가에
울음소리 터져 나오더라고
우리 할머니는 왜 더 못사셨냐며
5년만 더 사시면
사돈 할머니처럼 아흔여덟 되실 텐데
할머니 보고 싶다
눈물 쏟으며 그렇게 울었다네요
상주도 이웃도
열 살배기 문상객 따라 곡을 했다지요
초상 끝나고 그게 이야깃거리였다지요
초상집 곡소리가 이야깃거리가 되었다지요

계산기

첫 직장 때 샀던 계산기가
몇십 년 만에 장롱 구석에서 나온 날

더하기도 해보고 곱하기도 해보니
틀리지 않게 답을 해준다

나는 늘 그렇게
계산하며 살았다 싶다

문 밖 나설 때나
집 안에 있을 때나

꽃이 필 때나
바람 세차게 불 때나

계산 않고 살았던 날도 있었을까 싶다

청소기

삐딱하다
일부러 그렇게 만든 제품인데도
모범생 아내는 자꾸 일으켜 세워본다
여전히 삐딱하다

나 쉬면서
충전해야 한다고요
먼지는 혼자 다 빨아들이고
바닥의 온갖 것 다 내 차지예요

좀 쉬자는데
똑 바로만 서 있어야 합니까
뻗정다리로 좀 서 있읍시다

그래도 아내는 삐딱한
몸을 또 일으켜 세운다

바로 서
바로 서라고

천냥금

이젠 가요
화분 속에만 계시지 말고
사무친 그리움 곁으로 가세요

아우 누운 그곳
뿌리 내리고
새순도 키우며

바람 불면
같이 흔들려도 보시고
비가 오면
속 깊은 곳까지 촉촉이 젖어도 보세요

이젠 떠나세요
좁디좁은 아파트 베란다 벗어나
붉은 사랑 알알이 맺으러
꺾여진 사랑 그 곁으로 가세요

그림자만 남은 저녁

희미한 빛의 터널 향해
잰걸음 하시는
아버지 그림자

얼마나 걸으셨을까
처진 어깨에 번지는 흰 동그라미
등에도
하나, 둘, 셋

수백 리
외진 밀림
잎은 눈처럼 지고

아버지 앞서 달려가는
검은 우산

할머니는 대체 어디를 헤매고 계실까

단발머리

소녀가 있네요
단발머리에 풀 먹여 세운 하얀 깃
두 손 모으고 섰네요
오빠가 없어서 그렇게는 부를 수 없다며
수줍게만 버티던
첫애 낳고도 여보 소리 못 하던
새댁이 저렇게 서있네요

황톳길 고개 넘던 홍골
자릿기가 얼던 단칸방
연탄 삼백 장 들여놓고
큰 부자 된 듯 환하게 웃던 꽃 새댁

시동생, 시누이 먼저 보내고
울음을 삼키던 시어머니 곁 지키던 맏며느리

단발머리 고3짜리가
딸 아들 손자 손녀 둘러싸여
웃고 있네요

4부

민들레

게

잡아서 망에 넣었다
또 한 마리
다시 한 마리

걱정처럼 밀려오는 파도

그대로 있을까

끊어질 듯 매달린 다리
한 마리도 도망가지 못한 채

싸우고 있었다
서로 먼저 오르려고
붙들고 매달리고

돌아오는 길

편 가른 플래카드가
서로 물어뜯고 있었다

충호

친구 충호는 펜션 운영하지요
경영학 박사가 숯불 피운다고
웃는 사람도 있다지요
그래도 충호는 땀범벅 되도록
어린아이든 노인이든 숯불도 피워주고
고기도 구워줍니다

간혹 술에 취해 힘들어하는 손님에겐
새벽길 달려 해장국 사다가
따뜻할 때 먹으라고 건네기도 하고

누가 배라도 아프다 하면 한밤중에도
병원으로 내달립니다.

펜션에 왔던 손님에게
꼭꼭 눌러쓴 손 편지 써서
날씨도 묻고 건강도 묻곤 한다네요

어떻게 사는 게 바른 삶인지

구차하게 살지 않는 게 어떤 것인지
토론도 벌이고
삶에 대한 컨설턴트 하지요

그러다
피가 모자란다는 소식을 들으면
하던 일 팽개치고 내달립니다

5월 가정의 달엔
손님들께 시집 한 권씩 선물하며
같이 읽기도 하고
좋은 구절 외우기도 하는데

얼마 전 또 피가 모자란다는 소식에
내뛰다가 아내에게 한 소리 들었다지요

당신 나이 차서 이젠 헌혈 못 한다 했잖아요?

민들레

떠다니고 싶다

바람 부는 대로
바람 자는 대로

높으면 높은 대로
낮으면 낮은 대로

벽돌 틈이든
아스팔트 금 간 틈이든
어디든 뿌리 내려

우러르고 싶다

먼지 속이거나
진흙밭이거나

황사 가득한 하늘에서나
햇빛 맑은 따스한 봄볕에서나

하얗게 꽃 피운 채
한 우주를 거느리고 싶다

고향 사람들

청주 산업단지 오거리에서
시내버스 기다릴 때면
고향 가는 길 보인다

안덕벌 거쳐 오창 지나면
어딘가 낯익은
버스에 오르는 얼굴들

송강사 앞길 지나
길상사 옆으로 지나칠 때면

어떤 이는 창 밖 하늘 보며
지난 세월 높은 뜻 기리기도 하고
어떤 이는 아들 등록금 걱정
과년한 딸 시집보낼 근심에 골몰하다가
어느샌가 꾸벅꾸벅 졸기도 하는데

장군의 갑옷도
갓바치의 부르튼 손끝에서

더 빛날 수 있었고
시인의 노래가 회자했던 것은
낮은 곳에서 함께 했던 숨소리 때문

이름은 없어도
시대를 견디며 살았던
우리네 같은 사람들

대대로 이 땅을 지켜왔으리

정류장에서 시내버스
기다릴 때면
어디선가 본 듯한
선한 눈매
그 사람 만날 것만 같다

AI 교

경전 외우신다
설법하고 기도 하신다

세차게 끄덕이는 남신도
쉰 목소리로 울부짖다 실신하는 여신도

스스로 충전하고
생각하고
순간 감정 대처법까지 고루 입력된
인조인간 법사님

무릎 꿇은 신도
복종하지 않은 죄 자복하고
때로 원망한 대죄 회개하고
머릴 찧고 통곡한다

마음 읽는다는 법사님께
불치병 치유
마약에 빠진 자식 구원

애원하고 부르짖는다

네 병 다 나았다
귀신 다 물러갔다
근엄하게 선포하시고

전자검으로 무장한 로봇
검은 법복 휘날리며
다시 헌금을 걷는다

찬양하라 노랫소리 높고
법사님 이름으로 기도드린다

노국

메타버스로
아바타를 불러내는 세상

배우며 가수였던
아내와 만나

듀엣으로 노래하고
춤도 같이 추는데

최면술로 다시 만나
시간을 같이 했던 노국을 보내며
공민왕은
어찌했을까
어떠했을까

내게도
사무치는 밤
보고 싶은 얼굴 있어

목련공원 꽃 지는 소리
아바타가 부르는 노랫소리

눈 오시는 날

1.
눈 온다
눈 뿌린다
때맞춰 잘도 온다

쉰 넘겨
남의집살이
물려받은 빚도 갚고
움켜준 위대한 땅에
하얀 눈 쌓이신다

풀 베고 재 뿌리고
입술 묻은 인분 닦고

눈발 두어 번이면
함성처럼 퍼런 풀 일어설 테지

두엄더미 김 오르면
양은 냄비 보리밥 김 솔솔 오를 테지

2.
아드님 오신단다
보드라운 눈밭 밟고
제 어미 가슴 같은 사과밭
눌러 밟고 오신단다

아버지 뵈러 오신단다
큰길 뚫린다고 겸사겸사 오신단다

엊저녁 이장이 문자 왔다며 전해준 말
두루마리 양말 신은 반려님 모시고
며느님도 오신단다

눈   내린다
눈 날린다
펑펑
잘도 쏟아지신다

825번 버스

시내버스 정류장
먼지로 뒤덮인 유리 속에

네가 서 있다

표정도 없이 망연히 서있다

안쓰러워 손수건으로 닦아보지만
그럴수록 얼룩은 짙어진다

할 일이 너무 많아요
떠날 수가 없어요

손으로 어루만질수록
차갑게 물러선다

흙탕물에 떠다니다가
격랑에 헐떡이다가

돌아오지 않는 버스가
유리창 안에서
거친 숨 내뱉고 있다

독감

잠 설치는 밤
물 한 잔 마시고 나니

철학자셨던 그 분의 평소 버릇 같던 말씀
아, 이게 뭡니까?
지금 막 꾸짖으실 같은 그 말씀 떠오른다

아, 이게 뭡니까?
대체 어느 시대냐고요
그렇게 할 일이 없답니까
누가 그 높은 자리 뽑아준 겁니까
다 지난 일 뒷담화나 할 때예요?
그렇게 잘 쓰던 한자 성어는 잊었어요?
백척간두
풍전등화라고요

정말
서민으로 살아가기는
독감 앓는 것보다 더 힘들다고요

대체 이게 뭡니까?
아, 정신들 좀 차리세요
제발

노을

넘어질 듯 넘어질 듯
빈 종이상자 켜켜이 쌓아 올린 손수레
끄는 사람 얼굴 가려져 보이지도 않는데

뒤따라가는 소리
할머니 좀 비키세요
우리 아가들 못 가잖아요

입마개도 안 한 개 두 마리
목줄 느슨히 잡고

들었는지 못 들으셨는지
손수레 걷는 길
황혼도 같이 걷는 길

5월 15일

칼날 같은 사무침이
날아들던 날

와그르르 무너지는 소리에
가슴 쥐어짜던 날

비가 왔는지
햇빛이 반짝였는지

따귀를 갈긴 똥 기저귀는
분노를 외치며 나뒹굴고

창문 밖에서 들렸는지
꿇은 무릎 사이로 파고들던 소리

참아라
살아야 한다

벗어나기

한글 교재를 봅니다
선생님의 설명을 듣고
보고 읽고 써 봅니다

이제 다시는
은행 갈 때
오른팔에 붕대 감을 필요 없습니다

내 이름 석 자
당당히 쓸 수 있으니까요

시집가서 1주일이 안 되어
한글 모른다고 고백하던 날

부둥켜안으며 등 두드려 주던 남편
평생의 고마움을 담아

편지도 쓸 수 있습니다

손주에게 읽어줄 동화책도
느긋이 읽어 줄 수 있고요

이제 나는 벗어난 사람입니다.

얼굴

눈만 보았습니다

출근길 버스에서
퇴근길 지하철에서

마스크 뚫고
그려봅니다

코
입술
말없이 있어도
넉넉히 웃고 있을
분노보다는 인내

다른 나를 배려하는
시대를 견디는 우리의

당신

빨간 밑줄

어디선가 숨어있는
빨간색 밑줄
받아쓰기 틀려 받은
날 선 칼날
바꾸고 고쳐도
그때마다
파고드는
붉은색 그물

작가

자동차가 달린다
깜박깜박
장편 소설 한 편도 깜박임으로 시작했다는데

사지 마비에
눈 깜박임만으로 이야기를 펼쳤다는 작가
받아 적어서 세상에 펼쳤다는 어머니

희망으로 가득했던 소설이
헤드라이트처럼 어둠을 밝히며 달린다

살구꽃 길을 걸으며

2002년 첫 시집 『어머니의 새벽』을 발간한 지 어느덧 23년이 흘렀다. 첫 시집은 제목에서와 같이 '어머니'를 비롯한 가족 중심의 시가 많았다. 그래서인지 독자 중에는 '어머니'에 대한 이야기를 꺼내는 사람이 아직도 있다. 실로 '어머니'는 내 삶의 중심이었고, 의미였고, 종교였다.

어머니는
새벽을 여신다

뻗어오는 햇살을
가슴으로 안아
우리들 머리맡에
쏟아부으신다

그 시절
신열에 들뜬 내 작은 이마에
손을 얹으신 어머니의 얼굴은
소망 그것이었다

바람
가득한 믿음의 세월을 길러내
세 아이의 아버지가 된
지금도

어머니는
숨 몰아쉬며 살아야 할 세상에서
새벽을 모아
우리에게 쏟아부으신다

어머니는
오늘도
기도로
햇살을 모으신다

      − 「어머니의 새벽」 전문. 『어머니의 새벽』 2002 다층

   시집의 해설을 쓴 장문석 시인은 '이 시인에게
있어서 가족은 아주 특별한 의미를 갖는다. 그중에
서도 가장 핵심을 이루는 존재가 어머니이다. 이종
대 시인을 이해하기 위해서는 반드시 그와 어머니
와의 관계부터 짚고 넘어가야 한다'고 말했다. 그
러면서 그는 '이 시인을 키운 건 팔 할이 어머니였
다'라고도 했다. 나 역시 장문석 시인의 이와 같은
해설에 전적으로 수긍한다.

뒤로 걸었다
저녁때가 되어서야
거꾸로 걸어 보았다
언제나 앞으로만 가는 것이 당연하다 믿었다
돌아볼 틈도 없이 곧장 앞으로만 달려야
세상이 바로 도는 줄 알았다
거꾸로 걷는 것은 생각해 보지 않았다
산마루에 걸터앉아 쉬고 있는 태양을 보며 뒤
로 걷다가
어렴풋이 떠올랐다
한 발짝씩 뒤로 멀어지듯 삶도
하나씩 버리면서 물러서야 하는 것인지 모른다
애착도 그리움도 너를 향한
가슴 저리던 내 사랑도
뒤로 걸으니 평생을 따라오는 그림자가 비로소
보였다
그림자는 앞으로 걸어오고 있었다
해는 기울고
둥지를 찾는 별빛이 늘었다

– 「뒤로 걷기」 전문. 『뒤로 걷기』 2011 예술의숲

　2011년엔 두 번째 시집 『뒤로 걷기』를 출간하
였다. 『뒤로 걷기』 시집 해설에서 한채화 박사는
'이종대 시인의 『뒤로 걷기』의 시편을 보면 일부
에서는 『어머니의 새벽』처럼 그의 시적 자양분은

가족으로부터 끌어온 것을 알 수 있다. 집이라는
공간에서 가족으로부터 끌어올려진 자양분이다. 그
러나 구도자적인 모습을 보이는 부분에서 첫 번째
시집과 갈라선다. 보편적인 사람들이 공통으로 갖
는 상승 욕구와 대부분의 그들이 경험하는 좌절
사이의 내적 갈등으로부터 시인은 길을 찾아 나선
다. 화자가 지향하는 삶은 이전과는 좀 다르다'라
고 언급하였다.

이어서 한채화 박사는 '앞으로만 달려왔던 화자
는 이제 그 자리에서 내면으로 길을 내고 그 길로
들어가고 있다. 안으로 길을 내는 사람은 깨닫고,
밖으로 길을 내는 사람은 안다고 했으니, 화자의
삶은 곧 깨달음의 삶을 지향하는 것일 터이다'라고
말했다. 그러면서 한 박사는 '이 『뒤로 걷기』의 전
제는 하나씩 버려야 한다는 것이다'라고 말하기도
하였다.

이처럼 두 번째 시집 「뒤로 걷기」를 통해 그동
안 가족 중심의 시에서 보다 시적 지평을 확장하
려고 노력하였다.

세 번째 시집 『꽃에게 전화를 걸다』를 발간한
것은 2021년이다.

텔레비전 드라마를 생각 없이 바라보다가
문득 누이에게 전화를 겁니다

잘 사느냐고
건강하냐고
밥은 먹었느냐고 묻고 대답합니다
누이도 이런저런 시시콜콜한 것들을 묻고 나는
대답합니다
다시 동생에게 전화를 걸어
감기는 걸리지 않았느냐고
술은 많이 먹지 않느냐고
담배는 꼭 끊어야 한다고 별로 중요하지 않은
이야기를
아주 중요한 것처럼 떠들다가 전화를 내려놓습
니다
그러고는 선뜻 전화할 데가 없습니다
생각나는 사람이 있지만
이미 한 송이 꽃입니다
땅에 떨어져 스러져 버린 꽃이 되었네요
나는 스러져 버린 바람에게 전화를 걸어봅니다
언제 오느냐고
오긴 오느냐고 묻고 또 물어봅니다

물어도 대답이 없습니다
대답도 없지만 그래도 묻고 묻습니다
세상살이가 팍팍하다고 느껴지는 그런 날 밤
문득 전화 걸고 싶어지는 사람이
더 그리운 밤도 있습니다

– 「전화 걸기」 전문 『꽃에게 전화를 걸다』 2021 시산맥

<자서> 살구꽃 길을 걸으며 _ 117

어머니는 슬하에 오 남매를 두셨다. 위로 두 분의 누이와 아래로 남동생 둘을 둔 내가 중학교 2학년 때 아버지께서 지병으로 돌아가시자, 어머니는 슬퍼할 틈도 없이 생활 전선에 뛰어드셨다. 그리고 오 남매를 잘 키워내셨다. 그러다가 막내는 불의의 사고로, 둘째 누이는 질환으로 젊은 나이에 세상을 등졌다. 어머니와 형제들을 남겨둔 채….

먼저 떠난 막냇동생과 누나에 대한 그리움을 가슴에 묻고 사셨던 어머니도 아흔세 살을 일기로 2019년에 소천하셨다.

세 번째 시집은 어머니께서 소천하시고 3년째 되던 해에 발간했다.

그리웠다. 어머니도 그립지만, 그에 못지않게 훌쩍 떠난 막내와 둘째 누나가 가슴에 사무치게 그리웠다. 만나서 수다도 떨고 음식도 나누어 먹고 싶지만 그러지 못했다. 전화를 걸어서 살아가는 이야기를 시시콜콜 떠들어 보고 싶지만 먼저 떠난 사람들은 대답이 없었다. 그래서 세 번째 시집의 제목이 『꽃에게 전화를 걸다』였다.

돌이켜 보니 나의 시의 족적이 가족과 관련 있는 제재를 많이 다루었다는 평은 적절한 지적이었다. 그러나 가족과 관련된 시 이외에도 '뒤로 걷기'처럼 삶의 깨달음을 담은 시를 쓰기도 했고 친구나 자연, 고향과 관련된 시를 쓰기도 했다.

사거리 한복판 작은 의자
어릴 적부터 구두를 닦아온
초등학교 동창생 광수가
구두를 고친다
세상 먼지 털어 내고
닳아빠진 밑창은 기어코
뜯어 치운다
바늘에 찔리고
칼에 찢겨도
피멍 든 손바닥으로
고르지 않은 이 땅
높은 곳은 끊어버리고
터진 데는 메워가며
기우뚱거리는 거리에서
제대로 살아보라고
바르게 걸어가라고
바닥을 내려친다
타악탁 못질을 해댄다

– 「구두 병원」 전문 『뒤로 걷기』 2011 예술의숲

  진천고등학교 교사로 재직할 때 쓴 시이다. 퇴근
길에 나는 초등학교 동기생인 광수가 운영하는 '구
두 병원'에서 진지하고 성실한 태도로, 구두를 열
심히 닦는 모습을 한참이나 바라보았다. 그 모습은
평범해 보였지만 지극히 감동적이었다. 마치 반려
견을 안고 사랑을 나누듯 친구는 구두와 진한 사

랑에 빠져 있었다. 그래서 이 시를 썼다. 그 친구
는 진천군민 대상과 충북도민 대상을 받기도 할
만큼 자기 가족과 지역민을 위해 헌신 봉사했던
인물이기도 하다.

푸르던 잎이 지는 계절이 오면
소나무도 속으로 앓는다

여름처럼 성성한 잎
그대로인 척 당당한 체하지만
소나무도 춥다 겨울이 오면
남들 모르게 잎도 지고
찬바람엔 몸을 떤다

잎들이 혼돈 속으로 떨어지고
산야가 눈으로 묻혀버리는 계절이 오면

소나무는 푸른 잎 그 속에
누렇게 바랜 가슴 감추고
견뎌내고 참아내며
파랗게 떨면서도
의연한 척 기도한다

남에게 희망을 주는 일이란
그렇게
내 아픔을 견뎌내는 것이다

－「소나무의 겨울」 전문 『꽃에게 전화를 걸다』 2021 시산맥

자연을 바라보며 거기서 오는 깨달음을 담은 시 중 하나이다. 겨울 어느 날 오래된 소나무 밑에서 한참이나 소나무의 잎을 바라보았다. 멀리서는 늘 푸르기만 한 소나무가 낙엽이 지고 있는 게 아닌가? 그래서 생각난 것이 '소나무도 앓는다'는 것이었다. '소나무도 앓는' 것처럼 언제나 당당해 보이던 이 땅의 많은 아버지, 어머니도 속으로는 앓는 분이 많다는 것에 생각이 미쳤다. 소나무가 '푸른 잎 그 속에 누렇게 바랜 가슴 감추고, 견뎌내고 참아내며, 파랗게 떨면서도 의연한 척 기도'하듯이 아버지, 어머니도 자식들 앞에서는 소나무처럼 가슴 속으로 온갖 어려움과 고통을 참으면서 희생하시더라도 겉으로는 의연하다는 생각이 들었다.

이번에 발간하는 시집 『좋다』는 총 4부로 나누어 편집하였다. 1부는 주로 자연에 관련된 시, 2부는 종교 및 사상에 관련된 시를 실었다. 그리고 3부에는 가정과 관련된 시, 그리고 마지막 4부에는 사회적 관심사와 관련된 시들을 실었다. 그러나 각 부별로 뚜렷한 기준이 있어서 나뉘어진 것은 아니다. 읽기에 따라서는 4부에 있는 시를 1부로 분류해도 될 정도로 각 부의 경계가 뚜렷한 것은 아님을 밝힌다.

자연에서 소재를 찾아 시로 형상화한 작품은 1부에 주로 배치하였다. 「맥문동」, 「설날 아침엔」, 「가

로수길」, 「3월」, 「꽃 피우는 이유」, 「살구꽃 길」, 「낙
화생」, 「수주팔봉」, 「까치내가는 길」, 「동짓달의 봄」,
「목련」, 「것대산 장승 바위」, 「빈터」, 「시샘」, 「왕궁
가는 길」 등의 작품이 이러한 작품에 속한다.

　　　　　가경천 변 사람들은
　　　　　매일매일
　　　　　꽃길 걷는다

　　　　　나무마다 가득한 봄
　　　　　살구나무 꽃길

　　　　　꽃이 지고 잎만 무성해도
　　　　　잎이 지고 가지만 앙상해도

　　　　　분분히 날리는
　　　　　살구 꽃잎 같은 눈발을 보면서도
　　　　　하얀 꽃길 펼쳐놓는다

　　　　　청주에서 조치원 쪽
　　　　　가경천 제방 소로

　　　　　목발 짚은 사람도
　　　　　휠체어 탄 사람도
　　　　　다정한 그 사람 함께

　　　　　나비가 꽃길 따라 날 듯

밤중에도 춤추며 걷는다

살구꽃 길
따라 걷는다

– 「살구꽃 길」 전문

'살구꽃 길'은 내가 살고 있는 가경천 변을 가리
킨다. 가경천 변에는 심은 지 30년이 훨씬 넘은
살구나무가 줄지어 서 있는데 봄이 되어 꽃이 피
면 그 모습이 장관을 이룬다. 주변 사람들은 이 꽃
길 걷기를 좋아한다. 나 역시 그 중의 한 사람으로
내가 사는 청주시 흥덕구의 가로수길이 시작되는
지점에 있는 '살구꽃 길'을 시로 남기고 싶었다.
  한편 편의상 4부로 분류하긴 했지만 자연과 관
련된 시로 이런 시도 있다.

떠다니고 싶다

바람 부는 대로
바람 자는 대로

높으면 높은 대로
낮으면 낮은 대로

벽돌 틈이든
아스팔트 금 간 틈이든

어디든 뿌리내려

우러르고 싶다

먼지 속이거나
진흙밭이거나

황사 가득한 하늘에서나
햇빛 맑은 따스한 봄볕에서나

하얗게 꽃 피운 채
한 우주를 거느리고 싶다

　　　　　－「민들레」 전문

　민들레를 볼 때마다 홀씨가 되어 날고 싶었다.
하얀 우주가 되어 바람이 부는 대로 솔솔 날아 어
디든 가고 싶었다. 그리고 바람이 자고 사위가 고
요해질 때 어디든 내려앉아 뿌리내리고 싶었다. 그
곳이 어디든 떨어진 곳을 불평하지 않고 길게 뿌
리내리고 싶었다. 그래서 다시 하얀 꽃을 피우고
싶었다. 나만의 우주를 거느리고 싶었다.

　　좋다

　　신발 끈 고쳐 매는
　　발판으로 삼아도

엉덩이 들이밀고
앉아서 쉬어도

뾰족한 스틱으로
얼굴 톡톡 치거나

오줌 내갈기고
이정표 삼는 짐승 있어도

끝내는 일그러진 몸마저 파내어
천 길 낭떠러지로 내던져진다 해도

좋다
견딜 수 있다

버려지면 어떠냐?
햇빛만 있다면

언젠가
좋은 사람들 모이는 집
한 모퉁이 떠받칠 수만 있다면

좋다

다 좋다

— 「모퉁잇돌」 전문

'가족'과 '자연' 이외에도 사물을 통해 내 생각을 전달하고 싶었다. 나는 이 시 「모퉁잇돌」에서처럼 낮은 데에 있으면서도 자기 삶에 의미를 부여하며 긍지와 자부심을 가지고 사는 서민들의 삶을 존중한다. 시에서처럼 '끝내는 일그러진 몸마저 파내어 천 길 낭떠러지로 내던져진다 해도 견딜 수 있'는 사람, 그리하여 언젠가는 집의 '한 모퉁이 떠받치며' 살아가는 삶에 박수를 보낸다.

시에서 처럼 '끝내는 일그러진 몸마저 파내어 천 길 낭떠러지로 내던져진다 해도 견딜 수 있'는 사람, 언젠가는 집의 '한 모퉁이 떠받치며' 살아가는 삶에 박수를 보낸다.

이 시의 창작 동기는 내가 자문위원으로 있는 '다다예술학교'를 방문하였다가 그곳에 있는 사회적 협동조합의 이름이 '모퉁잇돌' 임을 보고 작은 모퉁잇돌이 큰 힘을 발휘할 수 있다는 데서 착상한 것이다. '다다예술학교'는 비장애 학생과 장애 학생이 같이 모여 꿈을 일구는 학교로 모범적인 대안학교이다.

이와 관련된 시로 2부에 배치된 「하나로 가득 찬 교실」, 「닮아가기」, 「메밀꽃의 합창」 등의 작품이 있다. 더 나아가 2부에는 기독교적인 나의 종교적 관심사가 담긴 작품이 여러 편 배치되어 있다. 「당신」, 「용서」, 「팔레스타인」, 「염소」 등과 같은 작품이 여기에 속한다.

농에서 목도장이 나왔다
닳디닳은 어머니의 유물
아버지가 돌아가신 뒤
막다른 골목길 모퉁이에서
깊은숨 들이쉬시며
조바심 끝에 받아 드셨을 신뢰의 증표

등록금 납부 기한이 시간, 시간
다가오고
굽히고, 조아리고
웃음도 눈물도 함께 하셨을

나 역시 자식들 길러내며
마이너스 통장도 쓰고
사채도 내가며
한 녀석 두 녀석
대학도 보내고 출가도 시켰는데

새삼
세월을 건너내느라
야윌 대로 야윈 어머니의 도장이
가슴에 붉은 자국을 남기는 밤

– 「목도장」 전문

어머니께서 소천하신 때가 2019년이었다. 그리고
세월이 꽤 흘렀다. 그러던 어느 날 농에서 낡은 목
도장을 발견했다. 어머니가 쓰시던 도장이었다. 시
에서와 같이 어머니는 어려울 때마다 이 도장을
이용하여 돈을 빌리셨고, 우리 가족은 그렇게 위기
를 넘기며 버텨왔다. 그리고 내가 장성하여 나 역
시 어머니와 비슷한 삶을 살아냈다.

이처럼 이번 시집 역시 가족의 울타리는 여전히
나의 시 세계의 중요한 일부이다.

이번 시집 『좋다』의 3부에 배치한 시 중에서
「40114052085182」, 「춘천에 가고 싶다」, 「목도
장」, 「여권사진」, 「단풍길」, 「점령군」, 「일요일 아
침」, 「상」, 「이야깃거리」, 「청소기」, 「천냥금」, 「그
림자만 남은 저녁」, 「단발머리」 등의 작품이 이런
가족적인 소재에서 끌어낸 작품들이다.

한편 시의 지평을 가족 중심에서 가능한 자연과
종교적 신념, 사회적 관심사 등으로 넓히도록 노력
하였다.

청주 산업단지 오거리에서
시내버스 기다릴 때면
고향 가는 길 보인다

안덕벌 거쳐 오창 지나면
어딘가 낯익은
버스에 오르는 얼굴들

송강사 앞 길 지나
길상사 옆으로 지나칠 때면

어떤 이는 창 밖 하늘 보며
지난 세월 높은 뜻 기리기도 하고
어떤 이는 아들 등록금 걱정
과년한 딸 시집보낼 근심에 골몰하다가
어느샌가 꾸벅꾸벅 졸기도 하는데

장군의 갑옷도
갖바치의 부르튼 손끝에서
더 빛날 수 있었고
시인의 노래가 회자했던 것은
낮은 곳에서 함께 했던 숨소리 때문

이름은 없어도
시대를 견디며 살았던
우리네 같은 사람들

대대로 이 땅을 지켜왔으리

정류장에서 시내버스
기다릴 때면
어디선가 본 듯한
선한 눈매
그 사람 만날 것만 같다

– 「고향 사람들」 전문

    가족과 자연 외에도 사회적 관심사를 다룬 작품 중에 위 시와 같은 시도 썼다. 누군들 고향이 그립지 않을까? 나 역시 고향이 그리울 때가 많다. 비록 초등학교 시절만 있다가 이사 왔지만 나는 내가 태어나 유년 시절을 보낸 고향이 늘 그립다. 그래서 이 '고향 사람들'을 썼다.

    사회적 관심사와 관련된 작품은 주로 4부에 배치하였다. 「게」, 「AI교」, 「노국」, 「눈 오시는 날」, 「825번 버스」, 「독감」, 「노을」, 「5월 15일」, 「벗어나기」 등의 작품이 여기에 속한다.

    이제까지 나는 '시의 지평을 넓히라'는 주문을 많이 들었다. 그래서 가족은 물론 자연과 친구와 고향, 그리고 사회 전반으로 시적 영역을 확대해 보려고 노력하고 있다. 그러나 그와 같이 시적 지평을 넓히는 일은 결코 쉬운 일은 아니었다.

그동안 나의 시를 읽고, 감상하고, 평도 해준 내 가족과 친구, 독자 여러분께 깊이 감사드린다.
 앞으로도 시를 쓰는 고독하고 지난한 작업을 계속하겠다는 약속드린다.

좋다

초판1쇄 인쇄 2024년 5월 25일
초판1쇄 발행 2024년 5월 31일

지은이   이종대
만든이   박찬순
만든곳   예술의숲
          등록 2002. 4. 25.(제25100-2007-37호)
          주   소 . 충청북도 청주시 상당구 교서로2
          전   화 . 070-8838-2475
          휴 대 폰 . 010-5467-4774
          이 메 일 . cjpoem@hanmail.net

 충청북도  충북문화재단

■ 이 책은 충청북도, 충북문화재단의 후원을 받아
  예술창작활동지원사업의 일환으로 발간되었음